岡田知子
Tomoko Okada

くいしんぼうの お月さま

文芸社

はじめに

この本に収められた４つのお話は、10年程前、朝起きた瞬間から夜寝るまで、時には寝ながらも子供達の寝息に耳をそばだてながら、24時間「母」をしていた頃に書いたものです。

わが子を写真やビデオに残すのも楽しいけれど、お話の中で残せたらな……と思い、子供たちの日々の様子をおりまぜながら童話にしてみました。

ちょっとしたホームビデオパーティー感覚で読んでいただけたらうれしく思います。

◆ 目　次 ◆

虹《にじ》の橋《はし》渡《わた》り

ある夏《なつ》の日《ひ》の午後《ごご》。

朝《あさ》から降《ふ》り続《つづ》いていた雨《あめ》があがり、雲《くも》のすき間《ま》から陽《ひ》がさしてきました。

ずっと外《そと》をながめていたのぶくんは、待《ま》ってましたとばかりに、黄色《きいろ》い長《なが》グツをはいて外《そと》に飛《と》び出《だ》して行《い》きました。

公園《こうえん》に来《く》ると、たくさんの水《みず》たまりができていました。

雨《あめ》があがったばかりで、他《ほか》にはだれもいません。

のぶくんは、怪獣《かいじゅう》になった気分《きぶん》で、水《みず》たまりの中《なか》にジャブジャブジャブ入《はい》って行《い》きました。

「ギャオ～。オレ様《さま》はノブゴンだ！　ギャオ～ン」

バシャン！　バシャン！　と、足踏《あしぶ》みするたびに、のぶくんも水《みず》びたしになります。

水《みず》たまりを全部《ぜんぶ》やっつけたあとも、まだ怪獣《かいじゅう》になったまま公園《こうえん》の中《なか》をドシン、ドシンと歩《ある》いていると、向《む》こうの方《ほう》に何《なに》かがいっぱい落《お》ちているのが見《み》えました。

「なんだろう……あれ」

よく見《み》ると、それはたくさんのミミズでした。

大雨《おおあめ》のあと、土《つち》の中《なか》からはい出《だ》してきたのです。

のぶくんは、木《き》の枝《えだ》をひろうと、そのうちのいくつかをつついてみました。

どれもみんな死《し》んでいました。

のぶくんは、なんだか自分《じぶん》がやっつけてしまったように思《おも》えて、怪獣《かいじゅう》になったことを少《すこ》し後悔《こうかい》しました。

その時《とき》、足元《あしもと》のミミズが一匹《いっぴき》、ピクッと体《からだ》を動《うご》かしました。もう一度《いちど》木《き》の枝《えだ》でつつくと、ミミズはクルンと体《からだ》を丸《まる》めました。

そして、なんとおどろいたことに、話《はなし》をはじめたのです。

「お願《ねが》いです。どうか私《わたし》を虹《にじ》の橋《はし》の入口《いりぐち》まで連《つ》れて行《い》ってください」

「げっ！　ミミズがしゃべった！」

のぶくんはビックリして尻《しり》もちをついてしまい

ました。

「おどろかせてしまってごめんなさい。でも、私《わたし》の話《はなし》を聞《き》いてください」

ミミズの一生懸命《いっしょうけんめい》な声《こえ》に、のぶくんは話《はなし》を聞《き》いてみることにしました。

「今朝《けさ》からの大雨《おおあめ》で、仲間《なかま》がたくさん死《し》んでしまいました。私《わたし》の命《いのち》もあとわずか。

いいえ、死《し》ぬことはちっともこわくはないのですよ。でも、その前《まえ》にかなえてほしいことがひとつだけあるのです。今度生《こんどう》まれてくる時《とき》は人間《にんげん》になって生《う》まれたいのです」

「ミミズが人間《にんげん》になるって?」

思《おも》わず、のぶくんは聞《き》き返《かえ》しました。

「人間以外《にんげんいがい》のものが人間《にんげん》に生《う》まれ変《か》わるためには、死《し》ぬ時《とき》に、空《そら》にかかる虹《にじ》の橋《はし》を渡《わた》らなければならないのです」

「ふ〜ん。虹《にじ》の橋《はし》を渡《わた》れば、今度生《こんどう》まれてくる時《とき》、キミは人間《にんげん》になれるってこと?」

のぶくんは真剣《しんけん》な顔《かお》でたずねました。

「ええ、そうです。だからどうしても、虹《にじ》の橋《はし》を渡《わた》りたいのです。でも、虹《にじ》の橋《はし》の入口《いりぐち》を見《み》つけたくても、私《わたし》はもう、思《おも》うように動《うご》けない……」

ミミズは、消《き》え入《い》りそうな声《こえ》で、それでも必死《ひっし》にうったえるのでした。

「よし、わかった。ぼくがキミを、虹《にじ》の橋《はし》の入口《いりぐち》まで連《つ》れて行《い》ってあげるよ。だけど困《こま》ったなぁ。それがどこにあるのか、ぼくだってわからないんだもの」

のぶくんは困《こま》ってしまいました。

ミミズは苦《くる》しそうにピクピクと体《からだ》を動《うご》かしています。

うでを組《く》んでしばらく考《かんが》えていたのぶくんは、雨《あめ》あがりのピカピカの空《そら》に大《おお》きな虹《にじ》を見《み》つけて叫《さけ》びました。

「虹《にじ》だ！」

そして、ミミズに向《む》かって優《やさ》しく言《い》いました。

「あの虹《にじ》をたどって行《い》けば橋《はし》の入口《いりぐち》がきっと見《み》つかるよ。さぁ、行《い》こう！」

のぶくんは、弱《よわ》ったミミズをヒョイとつまむと、胸《むね》のポケットに入《い》れました。

ミミズは、頭《あたま》を少《すこ》し出《だ》して、まわりを見《み》ているようでした。

（こんなところをお母《かあ》さんが見《み》たら、きっとビックリして目《め》をまわしちゃうぞ）

そんなことを思《おも》いながら、のぶくんはミミズといっしょに虹《にじ》の橋《はし》の入口《いりぐち》を探《さが》しに出発《しゅっぱつ》したのでした。

のぶくんは、まず、少《すこ》しでも空《そら》に近《ちか》づこうと、公園《こうえん》の中《なか》の小《ちい》さな丘《おか》にのぼることにしました。

ヌルヌルすべる坂道《さかみち》をのぼり、ジャリ道《みち》を歩《ある》き、雨《あめ》にぬれた草《くさ》をかき分《わ》けて行《い》くと、パッと芝生《しばふ》の広場《ひろば》が広《ひろ》がりました。

そして、目《め》の前《まえ》に、見《み》たこともないほど大《おお》きな虹《にじ》が——。

ポケットの中《なか》でミミズが、

「あぁ、美《うつく》しい……」とつぶやきました。

のぶくんもしばらくの間《あいだ》、うっとりと見《み》とれていましたが、そのうち、この虹《にじ》が芝生《しばふ》のはしに立《た》つ大《おお》きなブナの木《き》につながっているように思《おも》えてきました。

「あっちだ。行《い》ってみよう」

ブナの木《き》の下《した》まで走《はし》ると、あたりが急《きゅう》にキラキラと輝《かがや》きはじめました。

甘《あま》い良《よ》い香《かお》りもしてきて、なんだか心《こころ》がウキウキしてきます。

見《み》上《あ》げると、ブナの木《き》のてっぺんから、七色《なないろ》のやわらかな光《ひかり》が降《ふ》ってきました。

「虹《にじ》、虹《にじ》の香《かお》りです。きっとそうです」

ミミズがポケットの中《なか》で言《い》いました。

のぶくんは、このブナの木《き》の上《うえ》に、虹《にじ》の橋《はし》の入口《いりぐち》があるに違《ちが》いないと思《おも》いました。

そして、太《ふと》い幹《みき》にしがみつくと、てっぺんに向《む》かってヨイショとのぼって行《い》きました。ありったけの力《ちから》で、枝《えだ》を三《みっ》つ四《よっ》つとのぼって行《い》くと突然《とつぜん》、七色《なないろ》の光《ひかり》が丸《まる》い玉《たま》になって、目《め》の前《まえ》にふわふわと浮《う》かびあがりました。

のぶくんは、ポケットの中《なか》からミミズを取《と》り出《だ》すと、その光《ひかり》の玉《たま》の中《なか》にそっと入《い》れてやりました。これが、ミミズの望《のぞ》んでいたことだと、わかったからです。

ぐったりしたミミズは、最後《さいご》の力《ちから》をふりしぼるように、小《ちい》さいけれどはっきりした声《こえ》で「ありがとう……」と言《い》いました。

光《ひかり》の玉《たま》は、ゆっくりと空《そら》に向《む》かってのぼって行《い》きました。

ブナの木《き》からおりて空《そら》を見《み》あげると、ミミズを入《い》れた光《ひかり》の玉《たま》が、大《おお》きな虹《にじ》の橋《はし》を、すべるように渡《わた》って行《い》くのが見《み》えました。

「さようなら……」

のぶくんの目《め》から、涙《なみだ》がポタンと落《お》ちました。

〈おわり〉

虹《にじ》

夏《なつ》の夕立《ゆうだち》が去《さ》ったころ、お昼寝《ひるね》からさめた、かなちゃんは、お母《かあ》さんをさがしました。

台所《だいどころ》もテレビの部屋《へや》もトイレの中《なか》も見《み》ました。

けれどもお母《かあ》さんはどこにもいません。

窓《まど》から外《そと》をのぞくと、空《そら》に大《おお》きな虹《にじ》がかかっていました。

「わぁー、すっごぉい」

きれいな虹《にじ》をながめているうちに、かなちゃんはお母《かあ》さんにも見《み》せてあげたくなりました。

外《そと》に出《で》て、庭《にわ》のすみにいたチョウに聞《き》きました。

「チョウチョさん、あたしのお母《かあ》さん知《し》らない？」

するとチョウは、黄色《きいろ》いはねをブルルンとふる

わすと、

「あっち。青《あお》いカサさして、お買物《かいもの》に行《い》ったわよ」

と答《こた》えました。

「ありがとう。黄色《きいろ》のドレスがとってもお似合《にあ》いよ」

かなちゃんは庭《にわ》を出《で》て、家《いえ》の前《まえ》の道《みち》を教《おし》えられた方《ほう》へ歩《ある》き出《だ》しました。

雨《あめ》がやんだばかりの道《みち》は、ところどころに水《みず》たまりができています。

(長《なが》グツをはいてくれば、バシャバシャ歩《ある》けたのに残念《ざんねん》だな)

少《すこ》し歩《ある》くと、電信柱《でんしんばしら》の下《した》で、白《しろ》いネコがこちらを向《む》いていました。

「ネコさん、ネコさん、あたしのお母《かあ》さん知《し》らない？　あのきれいな虹《にじ》を見《み》せてあげたいの」

白《しろ》いネコは、しっぽをピンと立《た》てて、

「あっちだよ、青《あお》いカサをさして、あっちへ行《い》ったよ」と答《こた》えました。

「ありがとう。あなたのおヒゲ、とってもりっぱね」

かなちゃんは少《すこ》し早足《はやあし》で、教《おし》えられた方《ほう》に歩《ある》き出《だ》しました。

○○町1丁目

「早《はや》くしないと虹《にじ》が消《き》えてしまう」

ピシャッ、ピシャッと水《みず》がはね、真《ま》っ赤《か》なスカートに茶色《ちゃいろ》い点々《てんてん》がいっぱいつきました。

しばらく行《い》くと、道《みち》ばたの木《き》の枝《えだ》のかげにクモが巣《す》を作《つく》っていました。

「クモさん、クモさん、あたしのお母《かあ》さん見《み》なかった？　早《はや》くしないとあの虹《にじ》が消《き》えちゃうの」

クモは八本《はっぽん》の手足《てあし》を忙《いそが》しそうに動《うご》かしながら、

「あっちへ行《い》った。青《あお》いカサさして」と教《おし》えてくれました。

「ありがとうクモさん。すてきなおウチができそうね」

空《そら》の虹《にじ》が消《き》えてしまわないように、心《こころ》の中《なか》で神様《かみさま》にお願《ねが》いしながら、かなちゃんは走《はし》り出《だ》しました。

すると、向《む》こうの方《ほう》から青《あお》いカサと買《か》い物袋《ものぶくろ》を持《も》ったお母《かあ》さんが歩《ある》いてきました。

「お母《かあ》さ～ん」

かなちゃんが走《はし》り寄《よ》ると、お母《かあ》さんはビックリした顔《かお》で言《い》いました。

「どうしたの、こんな所《ところ》まで……」

ハァハァと息《いき》をしながら、かなちゃんは空《そら》を見上《みあ》げて指《ゆび》さしました。

お母《かあ》さんもつられて空《そら》を見《み》あげました。

青《あお》く広《ひろ》い空《そら》に、七色《なないろ》の虹《にじ》がくっきりとかかっています。

「きれいねぇ」

「きれいねぇ」

二人《ふたり》して、声《こえ》をそろえて言《い》ったので、顔《かお》を見合《みあ》わせて大笑《おおわら》いです。

「さぁ、早《はや》くおウチに帰《かえ》りましょう」とお母《かあ》さんが言《い》い、二人《ふたり》は手《て》をつないで歩《ある》きはじめました。

（お母《かあ》さん、よろこんでくれてよかった）

かなちゃんは心《こころ》の中《なか》でそう思《おも》いました。

虹《にじ》の色《いろ》が少《すこ》ーし、うすくなりかけてきました。

〈おわり〉

くいしんぼうのお月《つき》さま

し〜んとしずまりかえったある夜《よる》のことです。

暑《あつ》いわけでもなく、しんぱいごとがあるわけでもないけれど、のぶくんは、ベッドの中《なか》でなんとなく眠《ねむ》れずにいました。

ふと、窓《まど》の外《そと》を見《み》ると、ちょうどバナナの形《かたち》をしたお月《つき》さまが、見《み》えました。

（おなかがすいたなぁ……！）

そうつぶやいたのは、のぶくん……ではありません。

だって、寝《ね》るまえに、ケーキをひとつ、たべてしまったのですもの。もちろん、ちゃんと歯《は》みがきをしましたよ。

では、あのつぶやきは、いったいだれのだったのでしょう……？
そうです。あのバナナの形《かたち》をしたお月《つき》さまだったのです。
さっき、のぶくんが、おいしそうにケーキをたべるのを見《み》ていたのでしょうか。
いちど、おなかがすいたと思《おも》ったら、お月《つき》さまは、もうがまんできなくなりました。
（おなかがすいた。おなかがすいた）
お月《つき》さまのまわりには、たくさんの星《ほし》がキラキラとかがやいていました。

「キラキラ、私《わたし》をたべて。
キラキラ、とてもおいしいのよ」
お月《つき》さまには、星《ほし》たちがそう言《い》っているように
思《おも》えてきました。
「だれも見《み》ていないだろうか……」
のぶくんが見《み》ていることには、気《き》づかないよう
です。
「ひとつだけ……ちょっと……」
そう言《い》うと、お月《つき》さまは、大《おお》きな口《くち》を開《あ》けて
「パクッ！」と、星《ほし》をひとつたべてしまいました。
のぶくんは、ビックリぎょうてん。
お月《つき》さまが星《ほし》をたべてしまうなんて、生《う》まれて

はじめて見《み》ました。

のぶくんは、ドキドキしてきました。

そして、このすごい発見《はっけん》を、お父《とう》さんやお母《かあ》さんに話《はな》してしまおうか、それとも自分《じぶん》だけのヒミツにしておこうか考《かんが》えました。

考《かんが》えて、やはりこれはのぶくんだけの大発見《だいはっけん》にしておくことに決《き》めました。

次《つぎ》の日《ひ》の夜《よる》。

お月《つき》さまは、きのうたべた星《ほし》のことを思《おも》い出《だ》していました。

（ちょっとカリカリしてて、おいしかったなぁ…

……）

すると、またおなかがすいてきて、

（ひとつだけならいいよね）とおとなりの星《ほし》をまたまた「パクッ！」と、たべてしまいました。

のぶくんは、毎日毎日《まいにちまいにち》、夜《よる》になるのが、待《ま》ち遠《どお》しくてしかたありません。

お月《つき》さまは、毎《まい》ばんひとつずつ星《ほし》をたべるので、気《き》のせいか少《すこ》し太《ふと》ってきたようです。

なん日《にち》かたったある夜《よる》。

その日《ひ》ものぶくんは、窓《まど》の外《そと》のお月《つき》さまをジーッと見《み》ていました。

お月《つき》さまは、星《ほし》をいくつもたべて、もうまん丸《まる》になっていました。

（これ以上《いじょう》たべると、パンクしちゃうぞ）

のぶくんがしんぱいしていると、お月《つき》さまは、ゆっくりと口《くち》をあけて、今夜《こんや》も星《ほし》をたべようとしています。

「パクッ！」

またひとつ星《ほし》をのみこんだ、と思《おも》ったしゅんかん、おどろくようなことがおきました。

おなかいっぱいになりすぎたお月《つき》さまが、とうとうパンクしてしまったのです。

「パァ〜ン！」と、音《おと》が聞《き》こえてきそうにまぶしく光《ひか》ったと思《おも》ったら、お月《つき》さまのわれたおなかか

ら、たくさんの星《ほし》たちが、シャラシャラ、シャラ
シャラと、

こぼれるように飛《と》び出《だ》してきました。

大《おお》きな大《おお》きな花火《はなび》を見《み》ているようでした。

のぶくんは、ビックリしたのとあまりにきれいなそのようすに、声《こえ》も出《で》ず、ただただ大《おお》きな目《め》で見《み》とれているばかりでした。


おなかが空《から》っぽになったお月《つき》さまは、また、もとのバナナの形《かたち》にもどっていました。

「くいしんぼうのお月《つき》さま。おなかのパンクは、二人《ふたり》だけのヒミツだよ。だれにもナイショにしておくからね」

のぶくんは、お月《つき》さまにそう言《い》うと、ニッコリ笑《わら》ってベッドの中《なか》にもぐりこみました。

〈おわり〉

お空《そら》のタマゴ

のぶくんとリュウくんは大《だい》の仲良《なかよ》しです。幼稚《ようち》園《えん》から帰《かえ》ると、二人《ふたり》は毎日《まいにち》いっしょに遊《あそ》びます。

今日《きょう》は土曜日《どようび》。のぶくんはお昼《ひる》をたべると、外《そと》へ元気《げんき》に飛《と》び出《だ》して行《い》きました。

マンションの階段《かいだん》をピョンピョンおりていると、何《なに》か落《お》ちているのを見《み》つけました。

よく見《み》ると、それは一本《いっぽん》の青色《あおいろ》のチョークでした。

（なんでこんな所《ところ》に落《お》ちているんだろ？）と不思議《ふしぎ》に思《おも》いながらも、のぶくんはそれを拾《ひろ》うと、ズボンのポケットにしまいました。

リュウくんの家《いえ》に着《つ》くと、いつものように玄関《げんかん》のドアを、ドンドン！　ドンドン！　とたたきました。

「リュウくーん、あそぼー！」

すると、これまた元気《げんき》にリュウくんが飛《と》び出《だ》してきて、二人《ふたり》はすぐ目《め》の前《まえ》にある公園《こうえん》に走《はし》って行《い》きました。

この公園《こうえん》には小《ちい》さな丘《おか》があって、その丘《おか》のてっぺんには、芝生《しばふ》の広場《ひろば》がひろがっているのです――いるはずでした……けれど……。

いつものようにてっぺんにかけのぼった二人《ふたり》は、息《いき》をはずませたまま、立《た》ちすくんでしまいました。

「……ない！」

「……ある！」

つまり、いつもあるはずの広場《ひろば》が「なく」て、そこには見《み》たこともない、大《おお》きくてヘンテコなものが「あった」のです。

そのヘンテコなものは、広場《ひろば》が見《み》えなくなるほど大《おお》きくて、真《ま》っ白《しろ》で、おわんを引《ひ》っくり返《かえ》したように丸《まる》く、ポワンとそこに「ある」のでした。

「なんだこれぇ！」

二人《ふたり》は顔《かお》を見合《みあ》わせました。

「ちょっとだけ近《ちか》くに行《い》ってみよっ！」

リュウくんはそう言《い》うと、のぶくんの手《て》を引《ひ》っぱって歩《ある》き出しました。

近《ちか》くまで来《く》ると、二人《ふたり》は、その白《しろ》いヘンテコなものにさわろうと、おそるおそる手《て》を伸《の》ばしました。

「タマゴみたい」とのぶくんが言《い》うと、

「うん！　でっかいタマゴだぁ！」と、リュウくんも大《おお》きな声《こえ》で言《い》いました。

それは、ちょっとザラザラしているけれどなんだかあったかくて、本当《ほんとう》にタマゴのようでした。

（なんのタマゴなのかなぁ）

のぶくんは、まわりを歩《ある》きながら考《かんが》えました。

リュウくんもどこかから拾《ひろ》ってきた木《き》の棒《ぼう》で、

タマゴをつんつん突《つ》っつきながら、調《しら》べはじめました。

とつぜん、のぶくんが大《おお》きな声《こえ》で言《い》いました。

「わかった！　これはお空《そら》のタマゴなんだ」

「お空《そら》のタマゴー？　なんだそりゃー」

リュウくんは、すっとんきょうな声《こえ》を出《だ》して、ケラケラと笑《わら》いました。

ところがのぶくんは大《おお》まじめ。

「こんなでっかいタマゴは、すっごく、すっごく大《おお》きなお母《かあ》さんから生《う》まれたに決《き》まってるじゃん。だから、お空《そら》がこのタマゴのお母《かあ》さんなんだよ」

リュウくんも、だんだんその気《き》になってきました。

のぶくんは、ポケットの中《なか》にしまった青色《あおいろ》のチョークを思《おも》い出《だ》しました。

そして、チョークをポキンと半分《はんぶん》に折《お》って、言《い》いました。

「ねぇ、きっとお空《そら》のお母《かあ》さん、タマゴをおっことして困《こま》ってるよ。だからサ、これで目印《めじるし》の絵《え》を描《か》いてあげようよ」

「そうだね。うんとでかい絵《え》を描《か》こう！」

まず、のぶくんが小《ちい》さな丸《まる》をクルンと描《か》きました。

「へへへへ……。描《か》いちゃった」と、のぶくんが

言《い》うと、どこからか、

「ボソ、ボソ、ボソ」と、誰《だれ》かの声《こえ》が聞《き》こえました。

二人《ふたり》はおどろいて、お空《そら》のタマゴからパッとはなれました。そしてキョロキョロとあたりを見《み》まわしました。

「帰《かえ》ろうか……」

しんぱいになったのぶくんが言《い》いました。

すると、また、

「ボソ……ボソ……」と聞《き》こえたのです。

リュウくんがタマゴを指《ゆび》さして、

「この中《なか》から聞《き》こえたんじゃない？」と言《い》いまし

た。

二人《ふたり》がまたタマゴに近《ちか》づくと、たしかに何《なに》やら聞《き》こえてくるようです。それも、のぶくんが描《か》いた丸《まる》の中《なか》から。

でも、声《こえ》が小《ちい》さくて、何《なに》を言《い》っているのかわかりません。

「丸《まる》が小《ちい》さすぎるんだ！」

のぶくんは、こんどはサッカーボールくらいの大《おお》きさの丸《まる》を描《か》きました。

すると、

「あー！　やっと窓《まど》ができた」という声《こえ》が聞《き》こえました。

二人《ふたり》が丸《まる》の中《なか》をのぞきこむと、おどろいたことに、向《む》こうからも、男《おとこ》の子《こ》がこちらをのぞいているのでした。

「キャッ！」

のぶくんとリュウくんは、ビックリして思《おも》わず飛《と》びのきました。

すると、男《おとこ》の子《こ》が言《い》いました。

「待《ま》って！　にげないで」

よく見《み》ると、男《おとこ》の子《こ》はとても変《か》わったかっこうをしていました。

青《あお》い髪《かみ》に白《しろ》い肌《はだ》。着《き》ている服《ふく》は、差《さ》し込《こ》んだ太陽《たいよう》の光《ひかり》の中《なか》でキラキラ輝《かがや》いています。

年《とし》は、二人《ふたり》より少《すこ》し上《うえ》のように見《み》えます。

「ぼく、ピューリっていうんだ。よかったら、君《きみ》たちもこっちにおいでよ」

あまりとつぜんのできごとに、二人《ふたり》の心臓《しんぞう》がドキン、ドキンと忙《いそが》しく鳴《な》りはじめました。

リュウくんが、やっと勇気《ゆうき》を出《だ》して言《い》いました。

「どこから入《はい》るの？　入口《いりぐち》ないよ」

すると、ピューリがニッコリ笑《わら》って、

「ドアを描《か》けばいいのさ、この窓《まど》みたいに」と言いました。

ピューリの優《やさ》しい笑顔《えがお》に、少《すこ》し安心《あんしん》した二人《ふたり》は、おうちの玄関《げんかん》のようなドアを描《か》いてみました。

すると、ドアがすーっと開《ひら》いて、お空《そら》のタマゴの中《なか》に入《はい》って行《い》けるようになったのです。

お空《そら》のタマゴの中《なか》は、とても美《うつく》しい所《ところ》でした。色《いろ》とりどりの花《はな》が咲《さ》き、小鳥《ことり》たちが楽《たの》しげにさえずっています。

どこからか吹《ふ》いてくる風《かぜ》は、あたたかく甘《あま》い香《かお》りがするのでした。

「うわぁ〜！　きれいだなぁ」

はじめはおっかなびっくり足《あし》をふみ入《い》れた二人《ふたり》も、すばらしくきれいな景色《けしき》に、しばらく見《み》とれていました。

のぶくんがピューリに言《い》いました。

「でもねぇ、ここ、いつもは広場《ひろば》なんだよ。どうして今日《きょう》はお空《そら》のタマゴがあるの？」

ピューリは大《おお》きな声《こえ》で笑《わら》いだしました。

「アハハハ……。お空《そら》のタマゴだって？

いいかい、ここはね、今日《きょう》も昨日《きのう》も、その前《まえ》も、ずーっと同《おな》じなんだよ。ただ、みんな忘《わす》れてるだけなんだ。君《きみ》たちも、大人《おとな》たちもみーんなね」

とちゅうからまじめな顔《かお》になったピューリは、のぶくんとリュウくんの目《め》をジッと見《み》つめてそう言《い》うのでした。

「……」

二人《ふたり》がポカンと口《くち》を開《あ》けていると、ピューリはフッと笑《わら》い、

「さぁ！　君《きみ》たちは今日《きょう》からぼくの友《とも》だちだ。ここで思《おも》いっきり遊《あそ》んでってよね」と言《い》いました。

ピューリが両手《りょうて》をパッと広《ひろ》げると、大《おお》きなシャボン玉《だま》がフワフワフワと浮《う》かびあがりました。

のぶくんとリュウくんは、シャボン玉《だま》を追《お》いかけて、お空《そら》のタマゴの奥《おく》へと走《はし》って行《い》きました。

リュウくんが、おでこの汗《あせ》をぬぐいました。のぶくんの髪《かみ》も汗《あせ》でビッショリです。

「あ！　あれ、ヒマワリだ。お母《かあ》さんの帽子《ぼうし》についてたから、ぼく知《し》ってるもん」

のぶくんが、黄色《きいろ》い大《おお》きなヒマワリの花《はな》を見《み》つけて言《い》いました。

リュウくんも、地面《じめん》にかがみこんでいると思《おも》ったら、

「いいもの見《み》ーつけた！」と言《い》いながら、うす茶色《ちゃいろ》にすける、セミの抜《ぬ》けがらをつまんで立《た》ちあがりました。

どこからかセミの声《こえ》も聞《き》こえます。

「なんだか暑《あつ》いなぁ。夏《なつ》になったみたいだ」

と二人《ふたり》が顔《かお》をしかめていると、ピューリが現《あらわ》れて、冷《つめ》たいジュースの入《はい》ったコップを差《さ》し出《だ》しました。

「もしかしたら、これもエイッ！　って魔法《まほう》みたいに出《だ》したの？」

リュウくんは、ジュースをいっきに飲《の》みほすと、さっきから不思議《ふしぎ》でならなかったことを聞《き》きました。

「魔法《まほう》？　さぁねぇ」

ククククッと笑《わら》うと、ピューリはもっと奥《おく》の方《ほう》を指《ゆび》さして言《い》いました。

「あっちの方《ほう》はもっとおもしろいよ」

二人《ふたり》がそちらを向《む》くと、何《なに》やらにぎやかな音《おと》が聞《き》こえてきました。

「あれはなんの音《おと》？」と、二人《ふたり》がふり返《かえ》ると、ピューリの姿《すがた》はもうありませんでした。

のぶくんは、またまたしんぱいになってきました。

「リュウくん……おうち……かえろう」

でもリュウくんは、聞《き》こえてくるあの楽《たの》しそうな音《おと》がなんなのか、知《し》りたくてたまりません。

「うん。でもちょっとだけ向《む》こうも見《み》てこようよ」

そう言《い》うと、歩《ある》き出《だ》してしまいました。

のぶくんの目からとうとう涙《なみだ》がこぼれてきました。

「ウワァーン！　お母《かあ》さぁーん！」

リュウくんが戻《もど》ってきて、しんぱいそうにのぶくんの顔《かお》をのぞきこみます。

「のぶくん、行《い》ってみようよ」

（もっと泣《な》いちゃう！）と思《おも》ったとたん、のぶくんはクスクスと笑《わら》い出《だ》しました。

「フフフ、へへへ、ヒャーハハハァー」

おなかをかかえて大笑《おおわら》いするのぶくんを見《み》て、リュウくんは怒《おこ》り出《だ》しました。

「あー！　のぶくん、うそ泣《な》きだ！」

「ち、ちがうよぉ。うそなんかじゃないよ。ウヒャ、ウヒャ」

のぶくんはそう言《い》うと、いきなりシャツをめくっておなかを出《だ》しました。

「ホラ、これだよ」

見《み》ると、のぶくんのおヘソのあたりに、一匹《いっぴき》のコオロギがはりついていました。

「こいつがくすぐったかったんだよ」

リュウくんが顔《かお》を近《ちか》づけると、コオロギはピョーンとはねて、どこかへ行《い》ってしまいました。

足元《あしもと》の草《くさ》の中《なか》で、虫《むし》たちがウキウキするような音楽《おんがく》をかなではじめました。

のぶくんとリュウくんは、手《て》をつないで、クルクルとまわりはじめました。

木《こ》の葉《は》が風《かぜ》に吹《ふ》かれて、いっしょに踊《おど》っているようです。

のぶくんが、リュウくんの頭《あたま》にトンボがとまっているのを見《み》つけました。そして、小《ちい》さな小《ちい》さな声《こえ》で、

「リュウくん……頭《あたま》にトンボがとまってるよ」と言《い》いました。

リュウくんもそーっと頭《あたま》をあげました。

トンボは、サッと舞《ま》いあがり、二人《ふたり》の上《うえ》をクルッとまわって飛《と》んで行《い》きました。

「待《ま》てぇ～！」

二人《ふたり》は、トンボを追《お》いかけて走《はし》り出《だ》しました。

すると、

「うわぁっ！」

ツルッ！　ドシン！

のぶくんが尻《しり》もちをついてしまいました。

あたりはいつの間《ま》にか、白一色《しろいっしょく》の雪《ゆき》の世界《せかい》に変《か》わっています。

「うへっ！　すっげぇ〜！」

雪《ゆき》はサラサラして、とても気持《きも》ち良《よ》さそうに見《み》えました。

「ねぇ、雪合戦《ゆきがっせん》しようよ」

二人《ふたり》は寒《さむ》さも忘《わす》れ、冷《つめ》たいのもなんのその、雪玉《ゆきだま》を作《つく》っては投《な》げ、作《つく》っては投《な》げ、しばらく夢《む》中《ちゅう》になって遊《あそ》んでいました。

リュウくんが投《な》げた大《おお》きな雪玉《ゆきだま》が、のぶくんの後《うし》ろの木《き》に当《あ》たり、枝《えだ》に積《つ》もった雪《ゆき》がドサッと落《お》ちました。

のぶくんの頭《あたま》は雪《ゆき》で真《ま》っ白《しろ》になりました。

「アハハハ……」

「イテッ！　へへへへ……」

二人《ふたり》の大《おお》きな笑《わら》い声《ごえ》がまわり中《じゅう》にひびきます。

「楽《たの》しそうだね」

ピューリがまたどこからか現《あらわ》れました。

「ピューリ！　どこ行《い》ってたの!?」

二人《ふたり》はピューリにかけ寄《よ》りました。

「ごめん、ごめん。でも、ぼくはずっと君《きみ》たちを見《み》ていたんだよ。楽《たの》しかったよ」

ピューリはニッコリ笑《わら》って言《い》いました。

「ねぇ、ピューリ。明日《あした》もここに来《き》ていい？」

「ぼくも！　今日《きょう》、すっごく楽《たの》しかったもん。また来《き》たいよ」

二人《ふたり》が口《くち》ぐちに言《い》うと、ピューリは、

「ううん。たぶん、もう会《あ》えないよ。でも、君《きみ》たちが今日《きょう》のことを忘《わす》れないでいてくれたら、いつか会《あ》えるかもしれないね」と言《い》い、少《すこ》しさみしそうに笑《わら》いました。

そして、ピューリが右手《みぎて》をサッとあげると、さっき二人《ふたり》が青色《あおいろ》のチョークで描《か》いたドアが現《あらわ》れ、すーっと開《ひら》きました。

「ピューリ、また会《あ》おうね。きっと会《あ》えるよ！」

「ぼくたち、今日《きょう》のこと絶対《ぜったい》に忘《わす》れないから！」

ピューリはニッコリ笑《わら》って手《て》を振《ふ》るだけで、もう何《なに》も言《い》いませんでした。


ドアをくぐると、外《そと》はもう夕焼《ゆうや》けで空《そら》が真《ま》っ赤《か》にそまっていました。

ふり返《かえ》ると、お空《そら》のタマゴはもうどこにもなく、いつもの広場《ひろば》がひろがっています。

「お空《そら》のタマゴのこと、みんなにはナイショにしておこう」

「うん。でもぼくたちはいつまでも覚《おぼ》えとこうね」

「ピューリにまた会《あ》いたいもんね」

二人《ふたり》はそう話《はな》しながら、丘《おか》をおりて行《い》きました。

〈おわり〉

おわりに

最後までお読みいただき、ありがとうございました。

この本が出版されることになった時、久しぶりに声を出して読んでみました。

そばにいた長男（のぶくん）は途中で耳をおさえ、「やめてくれぇ、恥ずかしい！」と叫び、次男は「ボクが出てこない」とポツリ……。

キミはまだバブちゃんだったからねぇ、と苦笑しながらも、今では母を見下ろし「おふくろ」と低い声で呼ぶようになったキミ達と、ちょっぴりオバサンになった母を、また違ったお話で登場させようかとニンマリしながら思案中です。

最後になりましたが、全くの素人の私に出版のチャンスとご指導をくださいました、文芸社の皆様に深く感謝いたします。

岡田知子

著者プロフィール

岡田 知子（おかだ ともこ）

1961年、神奈川県平塚市生まれ。丑年。A型。乙女座。国立《くにたち》音楽大学卒。

現在、愛知県名古屋市内で花屋を開業＆息子二人の母。

唄うことが好き、笑うことが好き、おいしいものを食べることが好きな、ノンビリ母さん。

くいしんぼうのお月さま

2004年4月15日　初版第1刷発行

著　者　岡田 知子
発行者　瓜谷 綱延
発行所　株式会社文芸社
〒160-0022　東京都新宿区新宿1-10-1
電話　03-5369-3060（編集）
03-5369-2299（販売）

印刷所　東銀座印刷出版株式会社

ISBN4-8355-7235-1 C8093